文芸社セレクション

今語りつがねば、書き残さねば

藤島 サト

JN126691

文芸社

目次

私の戦中・戦後

父の決意

私は1938年6月、新潟県長岡市の山間部の集落で生を受けた。戸籍簿によるときょうだいは、兄、姉、姉、兄と、私は5人目の末っ子であった。下に弟が1人生まれたが乳児の時死亡と聞くが記憶にない。

父は1940年、国策であった、旧満州東北部の開拓団の学校の教師を希望し、任命され、一足先に渡満、赴任地についていた。

1942年頃、家族を呼びよせ、学校近くの職員宿舎での生活が始まった。

冬季は厳寒

大陸の冬の寒さは厳しく、屋内は壁の間や床下に煙道を通し、暖を取る（オンドル）は暖かく快適な生活であった。

そのオンドルの壁を背にしてゆったりと団らんするのである。

終戦直前

１９４５年４月、国民学校に入学。
何も解らず理解することもなく防空壕に逃げこむ訓練などに参加し、とびまわっていた。
学校では本土、日本の方向を向いて朝夕、天皇陛下さま、天皇陛下万歳と崇め、姿の見えない天皇陛下に敬礼をするさまに、本当に神さまなのだと子供なりに失礼のないように頭を下げていたのである。
そして〝寒い北風吹いたとて
くじけるような子供じゃないさ
満州育ちの子供じゃないか〟
と元気な歌声を届けていたのであった。

千人針の思い出

出征される兵隊さんに、武運長久・安泰を祈って贈る千人針は「虎は千里行って千里帰る」の言い伝えによる縁起をかついで、まわりの女性たちは寅年生まれの女性をさがしまわっていた。

寅年生まれの私は、兵隊さんに届けなければと、まだしっかり指も動かせないのに、白い布に赤糸でしっかり止め玉を作り、言われるままに刺した。

そして出征される兵隊さんに婦人部の担当者から心をこめて手渡されたようだ。

その頃アメリカの戦闘機Ｂ29は、本土、日本の上空を経て満州まで偵察に来たと聞き、空を見上げていた。

8月15日終戦（敗戦）

家族が住んでいたタイレイ村の住民に終戦が知らされたのは、2日後の17日であった。

その頃、軍の上層部は、開拓団民を置き去りにして逃走を始めていると伝え聞いた。

上の兄と姉は、少し離れた佳木斯（チャムス）の中学校・女学校で寄宿舎生活をしていて学徒動員で不在であり、家族バラバラの終戦日であった。

逃避行始まる

我が家は、周囲と比べて比較的恵まれた生活であった。

それが8月17日を境にガラガラと音を立てて崩れた。

慌てて脱出を急ぐ日本人と、中国人との間で小競り合いが起きたり、まとめた家財道具を駅で没収された。

目ぼしい物は中国人に奪われたりと、着のみ着のままの状態であった。

1週間後、兄と姉も無事合流に成功し、全員揃っての逃避行は始まった。

無蓋の貨物列車に引上げられ日本に向かっての行進である。

タイレイの駅を出発して1時間進んでは予告もなく停車し、それの繰りかえしで、長ければ2時間、3時間待たされていた。

貨物車は時間が不規則で汽笛も鳴らさない。時には下車して線路わきで、飯盒で非常食を炊いていた家族を置き去りにして出発、残された犠牲者も相当多くいたはずと心配した。日本人を乗せた災害車は定期列車の合い間をぬっての運行であった。

食糧事情

中国では夏も終わりに近づくと、黄色く色づき、口に入ると甘ずっぱくさわやかな味が楽しめる食用ほおずきを収穫するが、我が家でも僅かだが栽培して夏の楽しみにしていた。避難時に摘み取り白いクツ下に入れ大事に持ち歩き、家族で少しずつ分けあって空腹時の僅かの足しにしていた。食用ほおずきの収穫とつぶさないように持つことは私の担当で、気分の良い時はとなりの人にも分けてあげよろこばれた。

父の性格

父は迅速果敢な性格で一度決めたらすぐに行動に移した。
中国語も堪能になり、通訳人になったり、中国人になりすますこともあった。
近くの大学の食堂では賄い人になり、残り飯を持ちかえり食べさせてくれた。
父は背が高く重宝されたはずである。
中国での雑穀は粟、稗、コーリヤンなどはおかゆ風にして充分食べることが出来た。
コーリヤンはたっぷりの水でゆっくり炊くと赤色のおかゆになり、不思議に感じた。

りんご事件

ある日、２歳年上の兄と散歩で外出した時、露店に並べられた青りんごを1個ずつ手にした。それが見つかり脱兎のごとく走った。兄の指示で別々の方向に走った。

捕まれば酷い仕打ちにあい、叩きのめされたかも知れなかったが、幸い逃げきることができた。否、逃がしてくれたのだと思った。

何故なら中国人は、時には寛容さと優しさを持ち合わせていたからである。

収容所では、僅かではあるが食事が支給された。

早朝、大人たちが炊事場でご飯を炊き、配給された。子供たちは高学年になると、食事を運び配達もした。

時には大釜の底におこげができるが、それをおにぎりにして子供たちに少しずつ分けてくれた。

麦に白米が少し混じったような内容であったと思われる。

麦は白く、長い間それが白米と思い続けていた。

オナラ事件

秋も終わり頃、近所の子供達4、5人で少し離れた雑木林に薪を拾いに出かけた。

その時、1人の大柄なロシア兵が私の腕をつかまえ林の中に連れ去ろうとした。

びっくりした私は大声で泣いた。

泣きながらなぜか大きなオナラをしたのである。

それにびっくりしたロシア兵達は大爆笑になった。

しばらくしてロシア兵達は薪を拾い集めて子供達に持たせてくれたのである。

時々収容所ではこのオナラ事件が会話にのぼった。

当時、拉致、誘拐、捨て子など思いもよらなかったが、大人になって、残留孤児の聞きとり調査などから、誰でもその可能性はあったかも知れないと知った。

親を亡くしたり、迷子になったり、生きる元気が無くなる程の病弱であったなら、そのような運命に誰がなっても不思議ではない混乱した時代であり、戦後すぐであった。

母と兄の死

2度目の秋を経過する間に母と長兄と2人の家族を病で亡くした。

母は栄養失調に感染症の発疹チフスを併発し、避難先の隠れ屋の畳にしかれた薄いふとんの上で静かに息絶えていた。

兄も胸を患っていたせいか急激に痩せだし、食料も不足し、父は薬の入手に必死だったが諦めるしかなかった。

母も兄も家族が僅かな収入を得るために外出している日の出来事であった。

父は「サトイ、今日は1人だけど決して兄さんから目を離してはいけないよ」と言い残して出かけた。

1人で兄のそばで見守っている時、細くやせ細った腕から時計をはずし「この時計サトイにあげるから」と大ツブの涙をひとしずく流し息絶えていた。

母は１９４５年12月３日死亡。46歳。

兄は１９４６年12月20日死亡。17歳であった。

母も兄も長春で隠れて生活している時の悲しい出来事であった。

南京虫、シラミ

収容所の団体生活では、人間の血をエサにして繁殖するシラミ、ノミ、南京虫などが、うじゃうじゃと人間の油断を狙っている。

南京虫は夜行性で、深夜に出没し、なかなか手強い相手である。畳のすき間にひそんでいるらしく、暗闇の中で子供の目には見えにくく、私は確認できなかった。ノミもすぐはねて姿をくらます。

最もきらわれるのはシラミである。

シラミは動きはにぶいが一度住みつかれると一大事で、衣類の縫い目に一夜にしてぎっしりと並ぶように繁殖するのである。

バタバタ歩くと床に落下。

ますます繁殖するのである。

そんな時は一斗缶に熱湯を沸かして下着ごと入れ一気に退治するのであった。

大人達は噛まれた傷跡で害虫の区別がつくらしかった。

引揚げ船

1947年秋、引揚げ船が多く利用した葫蘆島の港から引揚げ船に乗ることができた。やはり貨物船だったが、食糧事情は良かったように思った。

それは船の中での、お腹が空く、腹が減ったとの記憶が思い出せないからである。

約1週間かけて佐世保の港に着いた。

乗船時に白い粉末を頭から、えり首から思い切り噴きかけられた。

下船の時も同じだった。

この白い粉はDDTで強力な殺虫剤で、早い時期に人間や動物への使用は禁止されたと記憶している。

ＤＤＴやノミ、シラミの話は思い出すと今も胸が苦しくなり、ふるえがくるのである。

船内では、死者が出ると、白い布で遺体を巻いて、ロープでゆっくりと水中に沈めて弔っていた。

引揚げ船は少しは自由があった。

子供達は、それぞれ探検家気分で歩きまわっていた。

日本上陸

命からがら引揚げ船で佐世保に着いたのは終戦から2年以上経過した１９４７年の夏であった。

当面は新潟県から三重県に居を移していた父の弟の家に、家族５人も居候をし、大変お世話になった。

その家は父方の祖母も健在で私達の無事を大層喜んでくれた。その祖母も息子２人（父の弟）を戦場に送り、戦争の犠牲者であった。

料金受取人払郵便

新宿局承認

7552

差出有効期間
2024年1月
31日まで
（切手不要）

郵便はがき

1 6 0-8 7 9 1

1 4 1

東京都新宿区新宿1－10－1

(株)文芸社

愛読者カード係 行

お名前《ふりがな》		明治 大正 昭和 平成　年生　歳
ご住所《ふりがな》	□□□-□□□□	性別 男・女
お電話番号	（書籍ご注文の際に必要です）	ご職業
E-mail		

ご購読雑誌（複数可）	ご購読新聞　新聞

最近読んでおもしろかった本や今後、とりあげてほしいテーマをお教えください。

ご自分の研究成果や経験、お考え等を出版してみたいというお気持ちはありますか。

ある　ない　内容・テーマ（　　）

現在完成した作品をお持ちですか。

ある　ない　ジャンル・原稿量（　　）

書　名				
お買上 書　店	都道 府県　　　市区 　　　　　郡	書店名	書店	
		ご購入日	年　月　日	

本書をどこでお知りになりましたか?
1.書店店頭　2.知人にすすめられて　3.インターネット(サイト名　　　)
4.DMハガキ　5.広告、記事を見て(新聞、雑誌名　　　)

上の質問に関連して、ご購入の決め手となったのは?
1.タイトル　2.著者　3.内容　4.カバーデザイン　5.帯
その他ご自由にお書きください。
(　　　)

本書についてのご意見、ご感想をお聞かせください。
①内容について

②カバー、タイトル、帯について

弊社Webサイトからもご意見、ご感想をお寄せいただけます。

ご協力ありがとうございました。
※お寄せいただいたご意見、ご感想は新聞広告等で匿名にて使わせていただくことがあります。
※お客様の個人情報は、小社からの連絡のみに使用します。社外に提供することは一切ありません。

新潟

4ヶ月後。新年も間近な暮れの移動で父の故郷、新潟県に向かった。

記憶では山陰線に乗り北陸線に乗り、越後長岡の駅前旅館で一泊した。

翌日は長岡から上越線に乗り最寄り駅の小出で下車、雪道を1列になり目的地の親戚の家までは徒歩だった。

4人きょうだいは4軒の家に1人ずつお世話になった。

私は亡き母の兄の家に決まった。

その家には中学生の従姉妹が2人。

毎日学校までやさしく事故のないよう気くばりをしてくれ、安心して雪道を通学できた。

父の再婚

帰国して2年後に山形県から新しい母が妹を1人連れてあらわれた。

戦後引揚げ途中で配偶者を亡くした者同士であったが、どうも私は母に冷たく当たっていた。

末っ子であった私は余り歓迎していなかったようだ。

でも妹が来たことで末っ子の立場を返上した気分をうれしく思っていた。

ドングリ目の妹はうれしそうに学校までついて来て、空きの椅子に座り楽しそうにキョロキョロしていた。

2年目位で親戚での借家住まいは終了し、家族全員揃って一軒家に住むことができた。

そこで5年程通学し、卒業と同時に集団就職で滋賀県に落ち着いた。
15歳の春、桜の咲く頃であった。
母に心が開いたのは、家を離れてからである。

夫との出会い

20歳になった頃、1人で近場の山にでかけた。初夏の山は春の花と夏の花が競って咲くのがうれしい。その日も多くの登山者が好むコースを山頂めざしてゆっくり登って行った。今日は登山者が少ないなと思いながら頂上をめざしていた。しばらく歩いていたら、1人の男性が追いこして行った。

私は、「こんにちは、今日はおひとりですか？　ご迷惑でなければついていっても良いですか？」男性は「良いけど」とひと声発して行ってしまった。私は小走りに、あとを追った。追いついてから、聞いた話では、山に連れだって行ける友達ができず探しに来た、と意外な言葉に少しびっくりした。なるほどと思った。「女性はだめですか？」と声を発してしまった。「別に良いけど」と聞こえたので、「では、私が手を上げます」と、言った。

40年つれそった夫とは彼70歳まで共に元気に過ごす事ができた。70歳の秋、胸の違和感が感じられ、入院騒ぎで、一時は回復したかに思われたが、望みかなわず「ありがとう、楽しかったよ」との言葉を残し遠い国に行ってしまった。私は首を横に振り、「今別れるのはいやです」と言った。息子は、「お母さん、そんな無理言ったらお父さん困るで」とたしなめてくれ、目が覚めた。

父と母のこと

父の出生

1909年・明治42年生まれの父は、当時の新潟県北魚沼郡大崎村の地主の家で生を受けていた。

兄弟は男ばかりの4人の長男であった。

祖父は早くしてこの世を去り祖母は大層苦労をしたと聞かされている。多くあった田畑も戦後の農地改革で他人に渡り、ほとんど0に近い状態になっていた。三男四男は戦争に召集され、2人共戦死したのだと改めて手を合わせている。

2人分の戦争遺族年金を生涯受けたとしても、命と比較することはできない。

祖母は、次男家族とおだやかに三重で生涯を終えている。

父・圭一と母・サト

父・圭一と母・サトの出会いはこうだったと聞く。

父が新潟大学の長岡分校に勉学のため、通学の帰路である。

ある日、いつもの道をはずして母の住んでいる集落に遠回りして通過した時に偶然出会った女性がサトであったと聞く。

父・圭一の一目惚れであったようだ。

思い出すと母も面長な顔立ちの美人であった。

帰国後2番目の姉がお世話になった家のおばさん（父の姉のような存在の方）に聞いた話であるから間違いないようだ。

背高の父は姿勢もよくキリリとしており、若い女性の羨望の的のようだった。

そんな父の申し出を断る理由はない。

圭一とサトの逢瀬はたちまちうわさとして広がった。

80年前の戦時下でも父、母の時代は今より少しは落ち着きがあったと思い出される。思い切り人生を生きた。

父は1976年5月に、病気のため69歳の生涯を終えた。

私は今は気ままな一人暮らし。もう少し楽しんで、あなた方のそばに行きます。

お父さんお母さん、私を健康に生んでくれてありがとう。

圭一さん、サトさんお2人の子供は、チサト、サトイ2人になりました。もう少しがんばってみようと2人で話し合っています。

そうそう、サトさんは圭一さんより6歳年上の姉さん女房と知り、改めて尊敬の念を抱いています。

80歳を越すと記憶がだんだん遠くに逃げていき、すぐ思い出すことも多々あるが、又すぐ思い出がもっと遠くに逃げて行く。一〇〇m走のごとく。

忘れた言葉は思い出した時、手帳などに書きとめるよう努力するが、時には覚えたと記録を忘れる。2、3日すると意識しなくてもその記憶がスーと口に出るから不思議である。今は人生100年と口にするが、私は人生いろいろが良い!! 100年生きて100年と感じるか、はたまた10秒と感じるか。私は後者のようだ。あっと言う間でした。

思い出と、そしてその時つれづれに

ヤミ米運搬でトラブル

家族が、揃って生活できるようになった年のこと、農家さんからゆずりうけた白米を、東京まで運び届けるのにつれ出されて、くやしく、悲しい思いを味わった。

満員の上越線に、父と父の知りあいの男性と3人で、私は1キログラムの米と、自分の水筒を小さなリュックに入れて参加している。

ヤミ米の移動は厳しく規制されていた。父はサトイはよけいな事は話してはだめ、だまっていれば良いからと言われていたのである。

そんな中、検査が来るぞと情報が流れると、車内はざわざわとしだし、そしてわずかな米は目の前で没収された。

父は子供の私に、母の位牌を持たせ、この子の母親のために農家さんに分けてもらったわずかな白米。白いごはんを炊いて仏前にお供えするのだと、心死で懇願したが、いやおうなしに没収された。

早朝の「いなご」取り

稲の収穫後のいなご取りは、めずらしく、私は好んで参加した。全校生徒で参加した。

いなごは夜露にぬれて、羽が重く飛び交うことがむずかしい早朝より、稲の切株を踏みしめながら、その姿を追いかけた。

細い竹筒をとおして、30㎝四方位の布袋に入れるのであるが、素手でつかまえるのには勇気を要した。軍手をはめても、すぐにぬれて困ったことだった。けれども1時間もすると、袋はだんだん、重たくなり、袋の中で飛びはねる音は、小さな命がゆえに、すさまじく感じた。逃げようとする方も、つかまえようとする方も必死である。やがて、袋のまま大釜の熱湯につけられ、ゆで上った、いなごは、主に佃煮として喜ばれた。ひげと、のこぎり様の細い後足をとり除いて、砂糖としょう油で甘からく、美味な味として重宝された。

もう一度味わってみたいなつかしい味である。

すばらしい出合い

２０２２年夏、すばらしい出合いがあった。ちょっと自慢したい。それは、揚羽蝶との出合いである。我が家の裏庭にはわずかな空き地に、自称一坪農園がある。ここ２、３年、新型コロナの拡大、蔓延と、夏の暑さの中で、何もできず、ウロウロするばかりであった。そして暑さの中で考えた。そうだ!!　一坪農園を、お花畑にしよう。コスモスの咲きみだれる様は想像するだけでウキウキする。うってつけと考えた。そして何もせずに、風にゆられるまま静かに夏を過ごした。

去年のコスモスの種がほど良くちらばり、初秋、みごとに、コスモス畑は完成していた。

赤、白、ピンクの３色であるが、乱れて咲くのも、又風情があり、遊び心につながる。

揚羽蝶のさなぎは、宿を借りている山椒の若葉ごと鳥のえさとして川に流していたが、２度といじめるのを止めにしよう。

アオスジ揚羽、黒揚羽など威厳があり、威風堂々として、たのもしい限りである。草ぼうぼうの我が庭に子孫を生みつけたのだろうか？

揚羽蝶をはっきり確認したのは前年の夏の終わり頃である。来たる夏、我が家の庭で、黒揚羽、一すじ青揚羽は舞ってくれるだろうか。楽しみである。

揚羽蝶は今年（23年）３月青く空が晴れた日に５羽、庭で舞い上がっている様を確認できた。明らかに、紋白、紋黄蝶と舞う高さ、勢いが違う。揚羽は天高く元気良く舞うので、興味があれば、快晴の日は、花畑の近くなど気をつけてると、幸せを感じるはずである。

しかし、揚羽蝶は世界中の気候をさぐりあて、その地での仕事が待っていると、本で見た記憶がある。

早期発見・治療

狭心症と付き合い始めて15年が経過した。当初、布団の中で背伸び、足伸びなど起きる準備をしているとのどが詰まるような違和感を覚えた。静かにしていると10秒ほどで治まる。異常だと感じながらもいつの間にか忘れてしまっていた。

ところが、まもなくして目覚めてから20分程度、体調異変が続いた。それも1週間続き、病気ではないかと気になり、かかりつけ医を受診した。「心音には異常がない。先日の心電図も問題はなかった。しばらく、様子を見ましょう」と言われた。

しかし、その後も起床時に同じ症状が現れるので、総合病院に向かった。まず最近の症状を説明したが、心電図、血圧ともに問題なしだった。

私が不安そうな顔をしていると、「では24時間、心電図を取りましょう」とホルター計測器を装着され帰宅した。

翌日、病院で解析してもらったが、異常はない。残るは負荷をかけての心電図検査である。ベルトコンベヤーの上を速さを変えながら歩くのだ。運動を始めて約20秒後。担当者が慌てて「もうやめてください。これ以上は危険です」と制止した。

負荷心電図の記録を見た医師に「狭心症の疑いありと診断できるので、治療を始めます」と1週間分の薬を処方され帰宅した。2日後には心臓カテーテル検査を受けると冠動脈の狭さくが見つかり、直ちにステント治療が施された。5日間の入院で済んだ。早期発見、早期治療で事なきを得て、今は自由に生活している。

絵はがき

〈現地2012年5月21日夕方6時　ペルー　チチカカ湖畔のホテルホセ・アントニオ・プトノにて。部屋の窓から対岸の灯りが美しい眺めです。今日1日、長距離バスで380キロ9時間の旅、車窓から残雪輝くアンデスの山並みに感動。残り3日。総勢15人順調のようです。サトイ〉

これは5月22日にチチカカ湖の浮島、ウロス島の手作り郵便ポストに4ドル弱を支払い、投函したお一人様の自分宛ての絵はがきである。

5月下旬、インカの道を楽しむ11日間のツアーに参加した。マチュピチュは元気なうちに訪ねたい憧れの遺跡だった。高山病が気になったが、アンデス山中のインカ道を1日歩くコースは魅力的だし、自分の年齢からみても今がチャンスと決めた。

無事旅程を終え、帰国後は雑用に追われて、絵はがきは記憶の外に。思い出したときは6月も下旬。もう届いているかと郵便物を探すが、ない。何度も乗り換えがあって、他の国に行ってしまったのだろうか？日本には着いたかな？　果ては浮島の郵便局員にだまされたのかな？そう思いたくなるほどの時間が経過していた。

一度は諦めることにした。それでも郵便の配達の音がすると、「もしかして」とポストをのぞくこと3週間。投函から53日目に届いた。

地球の裏側から53日もかけて我が家にたどり着いた絵はがきは、なぜかいとおしい。たかが絵はがき。されど絵はがき。

癒やしの色

ある年の夏、市の西部の山間部に地域の農家と県の協力で「棚田復元プロジェクト」が設立され、自然志向で、ボランティアに応募した。

農家の高齢化に伴い休耕田になって10年余も過ぎ、木陰ができるほどに成長した灌木、大人の身の丈以上に育ち硬く根を張ったススキが棚田の原型を無くしているのを復元する計画であった。

第1回目の活動がその年の10月。農家、県の担当者、ボランティアの学生、主婦など80人ほどが参加。私も一日精いっぱい汗を流した。夕方顔をのぞかせた棚田には、びっくりして逃げまどう沢ガニが多く見られ、感動した記憶が今も鮮明である。

私は近年の度重なる水害は雨水の受け皿の一端を担っている田んぼの

減少や、地面のコンクリート化によるものと危惧、その保全に少しでも協力したいとの思いもあった。

この年の夏はことのほか暑さが厳しく活動に参加するにも勇気を要したが、あぜ草刈り、シカやイノシシが田に侵入するのを防ぐ電柵設置作業などに参加した。地元農家の方の実働、気苦労などを横に、自分の力は10分の1にも満たないのに復元されつつある棚田に感激している。

70歳を過ぎた今、活動を続けるべきか否か、いや、まだまだ頑張れるとの二つの思いに心揺れている。黄金色に揺れる稲穂は癒やしの色でもある。棚田の新米も待ち遠しい。

次代に借金残さず、自然を残そう

政府・与党は揮発油（ガソリン）税などの暫定税率を10年延長、道路を造り続けるという。「暫定税率を廃止してガソリン価格が下がれば使用量が増え、地球温暖化も進み環境も破壊される。それを防止するためにも税は高い方が良い」という政府の説明は理解に苦しむ。道路建設で山の緑を削ったりする方が何倍も温暖化への影響が大きい。

近くの川は、40年前はサラサラ流れる小川だった。それが今では宅地開発やそれに伴う道路の整備、拡張などで無残な水環境になっている。山の保水力も小さく、山からのわき水も減少している。

本当に必要な道路は造ればよい。それ以外は思い切って廃止すべきだと思う。無駄な道路を造るのに要する膨大な土地は大切に後世に残してほしい。人口も減少傾向にある今、一度歩を休めて、今の若者がもう少し成熟した時点で選択できる余地を残しておいてはと思う。これ以上、山の緑、空の青さを減らさないで、今以上に国の借金を後世に残さないでと訴えたい。

ヒマラヤ街道旅行記

ヒマラヤと言う名に誘われて　一九九九年十月記

長年の夢であったヒマラヤトレッキングは、一九九九年三月十四日から一週間の予定で始まった。

十四日十時四十分、関西空港四階国際ロビーには家族連れは我が家と他に五十歳前後のご夫婦、他に女性六人、男性四人、添乗員の男性一人の計十五人が集合した。十二時四十分発、上海経由カトマンズ行きに搭乗、合わせて六時間のフライト後、ネパールの首都カトマンズ空港に無事着陸した。

入国手続き後、空港前の広場に出た途端に、十歳前後の男の子二十人程が駆け寄り、旅行ケースを我々から奪うように手にし、マイクロバスまでかん高いおしゃべりで賑やかについてくる。私はリュック一つの身、預けたり触られたりする物は無い。子供たちを見ていると一つの荷物に何人もの手がかかりそれぞれ満足げである。八十メートル位の距離を急ぎ足で通り過ぎた所で、小型トラックに積み込みが終わるとチップの請求が始まった。「ヒャク円」「ヒャク円」と手を出す。両手を広げて要求する子もいた。荷物に関係の無い私にまで「ヒャク円」「ヒャク円」と手を出す。明らかに強烈なチップの要求の訴えの眼差しであった。同行者は一応に現地旅行社の助っ人と勘違いしたと言う。百円のお金は出せない金額ではないが、一人に渡したら他の子供たちにも等しく出さなければパニックになりそうな勢いであった。無邪気に遊びたい年頃の子供たちの目は何を語ろうとしているのか、帰国してからも時々脳裏に浮かぶ。丁度、戦後の混乱期の自分の姿と重なり合う部分が余りにも多い。お金がほしい、チュウインガムが欲しい、白いご飯をお腹いっぱい食べたいとどれほど思ったことか。ネパールはロイヤルと一部の富裕層を除くとまだまだ貧困層が多い。百円を渡した人が居たのかは、誰の口からも確認することはなかった。

翌朝、チャーターされたセスナ機で空路、山岳地帯の入り口のルクラ村までおよそ二時間の飛行。出発空港にはサーダ（シェルタ頭）のフリーさんが山での食料を用意してくれていた。フリーさんは日本語に堪能で、すらりと背も高く、なかなかの好青年だ。一週間も行動を共にできるのかと胸をときめかせた。

食料はセスナ機が重量オーバーになるのではと思うほどの量だ。米、パン、蜂蜜、ジャム、バター、紅茶、野菜、小麦粉、缶詰、燃料など。何しろ、山村では大根、人参、小松菜などの野菜は、小規模で栽培されているが、全体には食料は不足気味で贅沢は許されない。それでも我々旅行者は食事の度に充分食べることは可能であった。

ルクラ飛行場の滑走路は、二十人乗りのセスナ機が山肌をかすめるように急降下し、着陸し、直ぐにUターンして、百メートル足らずの平地に静止、と言う技術が要求されるような谷間の広場であった。舗装もされていない空港はもうもうと砂ほこりを上げ、息苦しさを感じた。それでも、セスナ機が二機、同時に待機できるような広さは確保されていて村一番の広場であった。周囲は小さな石で積み上げられ、他にはコンクリートもアスファルトも見当たらない。

さほど高くない山肌は殆どだんだん畑に開墾され、いかに農地が少ないかを物語っていた。石垣に囲まれた畑には青菜が不規則に植えられて、所々でひょろひょろと伸びた茎に菜の花が黄色い花びらを風にそよがせるように咲いていた。その畑に一羽のニワトリが入り込み菜をついばんでいた。すると、面長な顔立ちで髪を三つ編みにし、足のくるぶしほどの長さの民族衣装のスカートを纏った五十歳前後のその家のおかみさんらしき女性がそのニワトリに小石を投げて追い払っている。何故？　不思議に思い見ていたがニワトリが逃げていった先は一軒おいた隣の方角であった。どうも越境して餌を食んでいたらしい。

この地方の女性はどちらかと言えば面長で、こぢんまりとして引き締まった顔立ちが多かった。目は細く小さめだがいつもにこにこと優しい眼差しで接してくれた。

　大人も子供も厚地の木綿のロングスカートをはき、上はブラウスにこれも手織り模様の木綿のベストと言う民族衣装であった。男性と言えば、時々日本人からのプレゼントと思しきメーカーの名入りのジャージーなどの上着を着用しているのを見かけたが、常には日本の現代の服装に似ていてワイシャツに普段着の上下であった。しかし、正装には女性と同じように民族衣装が用意されていた。これは帰国時、飛行機の中でその地方の青年を見かけ理解した。その青年は日本人の奥さんと一人息子と、青年の母親と四人で東北地方の奥さんの実家に行くと言うことで奥さんを除いては民族衣装で正装していた。

　ルクラ（二千八百メートル）はヒマラヤトレッキングの出発点として、多くの外国人が立ち寄る村である。宿泊所の裏庭にテントを設営しての泊まり。一張り三人用に二人ずつ、計八張りが設営され荷物と靴もテントの中へ収納した。

簡単な昼食後、荷物の整理をして高地慣らしの散歩。野営場から眺める小高い山に出かけた。設営場からの高度二百メートル位のその山は見渡す限り、しゃくなげが今を盛りと咲き誇っていた。野生の山羊の糞がカラカラに乾燥して落ちていて、乾期であることが直ぐ理解できた。六、七人で登り始めた散歩も一人、二人と引き返しいつの間にか夫と二人になってしまった。気兼ねする仲間が居なければ頂上まで行ってみよう、殆ど頂上まで登りつめると眼下に村が一望できた。学校と思われる広場と建物が二つ、三つ、多くの人々が集まり何やら作業をしている風に見える。多分小学校、中学校、高校だろう。

高地での息切れを警戒しながら、休み休みゆっくりと歩を進める。下りは山肌を横切り村はずれの小学校の校庭に出てしまった。子供たちの勉強の邪魔にならないよう校庭の外柵に沿って隠れるようにキャンプ地の方向に歩いていたら、子供たちが目ざとく見つけ駆け寄って来た。「ナムステ」（こんにちは）と声を掛けたら「ナムステ」と人なつっこい目であいさつが返ってきた。一緒にカメラに納まりたいとポーズをとる。三枚シャッターを押した。あどけない子供たちと話もしたいが、なんせ学校でのこと邪魔にならないかとそれだけに気を取られていたが、帰国して出来上がった写真を見ながら、如何にも日本人的な発想であったと自己嫌悪に陥ってしまった。汚れの無い澄んだ瞳と笑顔、もっともっと多く話をすれば良かった。身振り手振りと会話集でいくらでも出来たはずだ。次回出かける時は忘れずに写真をお土産にしよう。テレビも新聞も無い山村、ましてや、麻薬や、銃などは無用地帯であった。首都のカトマンズで出会った子供たちとこの山岳地帯の子供たちは明らかに純真さに差があった。

早めのヒユッテ内での夕食は、いちごジャム、蜂蜜などを塗って食べる無漂白の小麦粉で作った食パン、キャベツ、人参などの野菜とシーチキンを炒めたもの、ゆで卵、ドオドオ（牛乳）、紅茶など現在の日本食と似ていた。冷蔵庫も氷も無い。常温のビールは一本三百円位。当たり前のことだが、ビールやミネラルウオーターは高地に行くほど値段が上がる。値段は交渉次第で安くなるとは聞いていたが、いざ、自分で交渉するとなれば、「あなた、言ってくださいよ」「お前が買って来い」と言う会話になる。従ってトレッキング中は言い値で買い物をし、ビール、水以外は余り買わないようにしていた。何も無いのも少し淋しいので、ヤクの毛で編んだ民族帽子を一個二百六十円位で買い、村のお母さんと並んで記念写真を撮った。村の人たちは大人も子供も本当に優しくきれいな瞳をしている。

一日の行程は高度五百メートル、歩行距離六キロメートル位をゆっくりゆっくり休憩も入れて六時間位かけて登る。ドゥード・コシ川に架かる高く長い吊り橋も渡った。吊り橋は一人か少人数で渡るため時間を要したが皆、無事渡り終えた。

山羊に似たヤクと、牛に似たゾッキョと人力が運搬手段の山の中。ヤクやゾッキョと行き交う時はわれわれがじっと静かに待機するのがルールであった。ゾッキョは歩きながらでも排泄が出来る、うっかりしていると臭い目に遭うこともあった。歩き始めた時は、その生々しい排泄物が気にかかり足元ばかりに気を取られていたが、慣れるに従い、匂いもその固体も平気になってきた。それほど多く点在していたのである。足取りも次第に上手くなり踏みつける心配も殆ど無くなった。それよりも乾期のカラカラ土埃に混じり一緒に口の中に入り込むのではないかと、その事が気になりだした。マスクを掛けていたが休憩の度に貴重な飲料水でうがいを繰り返した。

山道は殆ど一本道で荷車も無く、自転車も無く、ましてやガソリン車などあろうはずもない。人力も大きな篭に紐を使って頭から背中で背負う。男も女も働き者だ。仕事は多くのシェルパたちで平等になるように組まれていた。特定のシェルパが多く背負うことはない。

街道の所々で目を楽しませてくれるしゃくなげや、ソメイヨシノそっくりのヒマヤラ桜を見つけた時は、春爛漫の日本？　と錯覚するほどの感動であった。菜の花も日本の風景に似ていた。この日、道の角度によっては遥か彼方に時折エベレストの頂を垣間見えるポイントがあった。

テントで三泊目はナムチェバザール村（三千四百四十メートル）、標高三千五百メートルの地点まで来るともはや大きな木は無い。山の谷間の斜面にだんだん畑の様に宿泊所が建てられ、傍には必ずテントの野営場が隣接されていた。小高い丘まで上り、見下ろすと村全景が見え、仲間の買い物帰りの様子が良く見えた。ここは名前の通り店が多く（三十軒位）軒を連ねていた。郵便局もありなかなか発展した村であった。道の両脇に家が立ち並び、排水もその坂道を伝わり足元を狭めている。水道は小石や炭を詰め込み、濾過装置としたドラム缶に雪解け水や天水を蓄え、下方に蛇口が付けられ公共の水場として、また、井戸端会議の場として賑わっていた。長い髪の女性が交替で洗髪をし、洗濯をしている。いずれにしても殆どが戸外での行為である。

乾期に限らず水は貴重品である。我々旅行者には朝、洗面器になみなみと熱いお湯が配られる。しかし、当地の住民はきっと毎朝顔を洗う習慣は無いと思われる。男も女も日に焼け相当黒い顔と手をしていた。我々日本人は、朝目覚めると歯を磨き顔を洗う。殆ど毎日風呂に入り一日欠かすと夜寝つけない程の変な習性を身に付けてしまっている。

テントの近くには番犬が配置されており、我々は安心して夜を過ごすことができた。その夜、テントの中まで動物の荒い鼻息が聞こえてきた。余程大きな犬に守られているな、と感じていたら、翌朝その正体はテントの傍の草を食む馬の親子であることを知らされた。「一晩中、馬の親子を追いやって眠れなかった」と隣のテントの二人が話してくれた。その夜と時を同じくして、犬の遠吠えなどで一晩中まんじりともせず私は不眠症に陥っていた。多分、朝、昼、夕の三食の際に飲む紅茶のせいではないかと思った。夜中何度もトイレに行きかけたが、頭痛、吐き気でトイレまで歩く気分も失せて、とうとうテントの玄関の部分で小用を足してしまった。このことは私一人の秘め事であるが、不思議とその後少し眠った。翌朝匂いを気にしていたが自分でも不快感は無く、夫も気がつかない様子だった。

海外旅行で不便なのはトイレ事情と言うが、ルクラ村で住宅の中に設置されていたのは、簡易水洗式で用足し後は自分で流す方法であるが鍵が掛かりにくかった。貯水場と場所を同じくしているためか我々トレッカーが内トイレを使用することを余り歓迎されてはいなかった。私のお気に入りは野小屋風の建物のトイレであった。住宅からは三十メートルから五十メートル位離れた場所にあり二人一緒に横並びで使用できるもの。敷き詰められた板に身体に合わせて穴が二個ある。親子で、夫婦で、友人同士で会話をしながら用を足している様が想像できた。使用後は隅に積まれた干し草をかけて次に利用する人への気配りが大事だ。トイレと乾し草置き場の小屋の組み合わせにも感心した。乾期のせいか匂いも殆ど無く、その行為は苦にならなかった。二人並んでの光景を想像しただけで楽しい。でもそれを実行できる日本人はいない。帰国後しばらくしてあのトイレは親子用なのだと思いついた。何故なら穴の大きさが微妙に違っていたから。

山での最後の行程は、ナムチェバザール村からエベレストビューホテルまでの、高度差四百メートルの歩行。山ひだの間から見え隠れする世界最高峰のエベレストに励まされながら、晴天の中をゆっくり歩く。しかし、息は苦しい。同行者も同じ様に見うけられた。とうとう女性の一人はホテルまでロバに乗り先に行ってしまった。ホテルまでは一本の道、夫と二人ゆっくり後からついて行った。一九九九年三月十八日正午、標高三千八百八十メートル地点の念願のホテルに到着した。

エベレストは遥か遠くで輝き、手前にはローツエ、アダヤプラムなどの名峰が迫る。

午後は少しでもエベレストに近づこうとその方向に散策に出かけた。

抜けるような青空が何よりの贈り物だ。エベレストは遥かかなたの天空にその頂きだけを残し夕日に黄金色の輝きを増し、その高さを誇らしげに見せ付けていた。低い山からだんだん落日が始まるのが手にとるようにわかった。最後まで明るく輝いていたエベレストも黒いシルエットとなった。午後六時十五分、やがて辺りは静かに暗闇に包まれていった。

その日の宿泊客は我々十五人、レストランでの晩餐は和、洋折衷であった。ご飯に味噌汁、大根と人参の炊き合わせ、硬めのビフテキなど。ビールも少し口にした。部屋はバス、トイレ付きだが水は廊下から運び、タンクに入れてから使用するので手間がかかったが乾期の三千八百メートルともなれば納得しよう。

翌日ホテルから、シャンポジェ空港までゆるい下り道を一時間かけて歩いた。道すがら現地の老人と片言の英語で会話をしたが、夫が六十七歳である、と話すと自分も同じ歳だと言う。しかしどう見ても若く見える。後でフリーさんに聞いたら、この地では年齢の正確さには余りこだわらないと言うことであった。

　日本人が一休みしているとどこからともなく必ず物売りの子供たちが二、三人でやって来る。シャンポジェ空港でも十歳位の男の子と、八歳位のその妹が来て民芸品を並べた。しかし、大方の仲間はすでに買い物は終わっていた。しばらくしたら諦めて帰って行った。


　シャンポジェからはヘリコプターでカトマンズまで直行、九人乗りのヘリは、荷物を抱え込み膝を寄せ合っての飛行。ヘリコプターは初めての経験で胸の高鳴りを覚える。十五人は二回に分けての搭乗。折りしもロイヤルネパール航空会社の乗務員組合のストライキ突入に遭遇したが、辛うじて全員がその日の内にカトマンズまで下りることができた。ストは我々が山岳地帯に入った直後の十五日午後から突然決行されたと言う。

　しかし、帰国日の二十日になっても解除の目途は立たず、取りあえず、留守宅の近くに住む長男宅に連絡を入れる。二十年ぶりのロイヤルネパール航空会社のストに遭遇するとは、頭の中が真っ白になった。

現地旅行社の説明によると「何の前触れも無く十五日午後より突然スト突入、いつ解決するか解らない、従って帰国時の座席が無い。他の航空会社も、日本への路線は春休み期間中で五日間位は満席で確保は難しい。方法としては、シンガポール航空や、マレーシア航空の席を予約する。そのいずれの場合も運賃は個人負担である。一人十三万円位掛かるがご承知ください。ロイヤルネパール航空のストが解除した場合にはキャンセル料が五千円位掛かります。この負担もご承知ください。航空会社に交渉はするがホテルの滞在費、電話代なども負担になることもある」。一人で三十万円、四十万円の出費と気が滅入ってしまった。二日目、午前、「努力しているが航空会社と連絡が取れない、当方としても致し方が無い。スト解除の可能性もあるが、しかし…解除は当分無いものとして次善の策を講じましょう。他の航空会社も当たります、さらにお金が必要な場合も出てきますが良いですか？」と、念を押された。解除が期待できなければ致し方が無い。全員の賛同の下に担当の男性添乗員に一任することにした。取りあえずホテルは引き続きヒマラヤホテルに滞在することになった。

午後カトマンズ市内の繁華街に散策に出かけたが、仲間たちはヒマラヤ山岳地帯で採取されたと言うアンモナイトの化石、特産の紅茶など大量購入していたが我が家は幾何学模様織りの長めのショールを三千円位で購入した。

その日の夕方「四日後にマレーシア航空の席が六席、五日後にシンガポール航空の席が七席予約できました」と男性添乗員が現れた。沈黙が続き、ロビーのその一角は静まり返った。誰と誰が先の便に搭乗するか、許されるならば自分は先の便で、とそれぞれ頭の中で思いを巡らせていたに違いない。「我が家は別々でも良いから一席だけでも先の便を希望したい」旨申し出たら「家族は同じ便でお願いしたい」と言う。癌治療中のM氏は一日でも早く帰りたいだろう。しかし、皆が公平にと、阿弥陀くじで決めることになった。私はくじ順の為のくじは二番目。それぞれが本番を引き、その後各自が一本だけ横線を入れる。家族と同一部屋のペアー七組が参加した。結果、我が家はシンガポール経由の後便を引いた。先発に決まった六人は大歓声を上げ大喜びしている。私は血の気がすーとひくのが判った。その日の夕食は不味いものであった。

三日目も午前はホテルで待機が続く。十一時ごろロビーに集合と連絡があり、一縷の望みを抱きながら待つ。そこへ現地の旅行社の担当者が笑みを浮かべながら現れた。「明日シンガポール航空の昼の便で十五人全員の席が取れました」その時の歓声はホテルのロビーに大きく響き渡り他の利用客は何事かと一様に振り返った。その夜、久しぶりに皆が笑顔で同じテーブルでカトマンズ最後の夕食を楽しんだ…。

滞在費と帰路の航空運賃もロイヤルネパール航空会社の負担で解決の運びとなった。

振り返ってみれば忘れようとしても忘れられない、ヒマラヤ街道トレッキングになった。

あと書き

藤島　サト

２０２３年６月17日、85歳の誕生日を迎えた。小中学校のクラスメートと比較した時、私は少し長生きしている方だなと思う。

戦後、引き揚げの途中、ソ連兵に連れ去られそうになったり、母や兄の死に真面していなければと、ため息をついたりする。そして致し方ないなと、その思いを拒否したりする。

又初夏の山で１人の青年を追いかけるような行動を起こさなければ、人生は大きく変わっていたと想像する。でも、これで良かったのだと結論づけたら、やっと落ち着いた。

100歳までとは思わないが、せめてもう2年、世の中の変化をゆっくり眺めて。

願いがかなうなら天国行きの汽車に乗りたい。

著者プロフィール

藤島 サト（ふじしま さと）

戦後78年を経過し、今まで3人の子供たちに私の生き様《ざま》を殆ど語ってなかった。新聞のお知らせを見て、80枚以上の小説は無理として、短編に一度挑戦を試みました。
夫とは山好き仲間としての結婚でしたが23年前さっさと旅立ちました。今は気ままなおひとり様です。

今語りつがねば、書き残さねば

2023年12月15日　初版第１刷発行

著　者　藤島 サト
発行者　瓜谷 綱延
発行所　株式会社文芸社
〒160-0022　東京都新宿区新宿1－10－1
電話　03-5369-3060（代表）
03-5369-2299（販売）

印　刷　株式会社文芸社
製本所　株式会社MOTOMURA

ISBN978-4-286-24715-1